Luigi Pirandello

Il berretto a sonagli

© 2023 Culturea Editions

Texte et illustration de couverture : © domaine public
Edition : Culturea (Hérault, 34)
Contact : infos@culturea.fr
Retrouvez notre catalogue sur http://culturea.fr
Imprimé en Allemagne par Books on Demand
Design typographique : Derek Murphy
Layout : Reedsy (https://reedsy.com/)

Dépôt légal : janvier 2023
Tous droits réservés pour tous pays

ISBN : 9791041846115

PERSONAGGI

Ciampa, *scrivano*

La signora Beatrice Fiorìca

La signora Assunta La Bella, *sua madre*

Fifì La Bella, suo *fratello*

Il delegato Spanò

La Saracena, *rigattiera*

Fana, *vecchia serva della signora Beatrice*

Nina Ciampa, *giovane moglie del Ciampa*

Vicini e vicine di casa Fiorìca

In una cittadina dell'interno della Sicilia.

Oggi.

ATTO PRIMO

Salotto in casa Fiorìca riccamente addobbato all'uso provinciale. Uscio comune in fondo; usci laterali a destra e a sinistra, con tende. La scena è uguale per tutti e due gli atti.

Scena prima

La Signora Beatrice, la Saracena e Fana.

Al levarsi della tela, la signora Beatrice, seduta sul divano, piange. La Saracena, seduta di fronte, la guarda contrariata.

Fana (*indicando la signora che piange*): Siete contenta ora? Come non vi fate coscienza di attizzar questo fuoco? di rovinare così una famiglia?

La saracena (*donnone atticciato, terribile, sui quarant'anni; sgargiante, con ampio fazzoletto di seta, giallo, al petto, e scialle anche di seta, celeste, con lunga frangia, stretto alla vita. Alzandosi*): O oh, che diavolo dite? Coscienza, foco... Mi faccia il piacere, signora!

Beatrice (*sui trent'anni, pallida, isterica, tutta furie e abbattimenti subitanei; seguitando a piangere*): Non le date retta... lasciatela perdere...

La saracena: No, mi scusi: le dica che io non ho fatto altro che obbedire a un ordine preciso di Vossignoria.

Beatrice: Ma volete dar conto a lei?

Fana: A me? no, signora mia! Io sono la sua serva. Ma a Dio, sì, perché a Dio dobbiamo dar conto tutti!

Beatrice (*scattando*): Fuori! In cucina! E fatevi gli affari vostri!

La saracena (*acchiappando per un braccio Fana e trattenendola*): Ah, no no. Aspetti, signora. E anche voi, qua. L'anima l'abbiamo tutti, servi e padroni, davanti a Dio; e non voglio chiacchiere, io, sul mio conto. Qual è la coscienza, la vostra, che vedete codesta povera signora pianger lagrime di sangue, patir le pene dell'inferno, e: - «*Non è niente: Pazienza! L'offra a Dio!*» - Questa è la coscienza?

Fana: Questa! questa! Per chi ha timore di Dio!

Beatrice: Ah, e allora un uomo vi tartassa, vi pesta... così... sotto i piedi; è Dio, è vero?

Fana: No. Io dico che dobbiamo offrirlo a Dio, signora mia! Ma quando mai gli uomini, mi scusi, si sono presi così di fronte, a petto? Usar la forza con chi è più forte di noi? Piano piano, signora mia, d'accanto e non di fronte, col garbo e la buona maniera si riportano gli uomini a casa.

La saracena: E già! Mi piace! E per esser così, qua tutte le donne, gli uomini, oh! toppe da scarpe ne fanno di noi!

Fana: Questo, in coscienza, la mia signora non può dirlo, ché è trattata in casa come una regina. Il cavaliere è prudente e la rispetta, e non le ha fatto mancare mai nulla.

Beatrice: Vi volete star zitta? Prudenza, già! rispetto, abbondanza, la casa piena. E fuori lui, che fa? E la mia pace? e il mio cuore? Guardate dentro voi, e quello di fuori lo nascondete?

La saracena: La chiama coscienza, oh! Questo, al mio paese, si chiama nascondere il sole con la rete! - Oh, alle corte. Siete venuta voi, sì o no, a chiamarmi fino a casa?

Fana: Comandata; non ho potuto fame a meno.

La saracena: Oh bella! E non sono stata forse comandata anch'io? - «Sara*c*ena, - parole della signora - *ajutatemi! Mio marito, con la tal dei tali, così e così. Sappiatemi dire se è vero. La mia casa è un inferno; voglio uscirmene a ogni costo!*» - M'ha detto così?

Beatrice: Sì, sì, e voglio uscirmene! subito! una volta per sempre!

Fana: Oh Madre di Dio!

La saracena: Ma che Madre di Dio! Una casa dov'è entrata la gelosia? Ma distrutta è! finita! Terremoto perpetuo, ve lo dice la Saracena! Ci fossero figli di mezzo...

Fana: Questo è il vero guajo qua: che non ce ne sono!

La saracena: E dunque? Perché dovrebbe crepare in corpo, questa povera signora? Se dice che vuole uscirne!

Fana: Dice così, ma piange intanto!

Beatrice: Di rabbia, piango! Se lo avessi qua, lo squarterei! - Dite, dite, Saracena: posso sorprenderli insieme davvero, domani stesso?

La saracena: Come due uccellini dentro il nido. A che ora arriverà il padrone domani?

Beatrice: Alle dieci!

La saracena: Faccia conto che alle dieci e mezzo Vossignoria li prenderà tutti e due, a occhi chiusi, belli, vivi vivi. Una denunzia al Delegato. A tutto il resto penserò io. - Mi dica una cosa: è vero che il padrone prima che da Catania doveva passare da Palermo?

Beatrice: Sì, è vero. Perché?

La saracena: Ma... perché... perché so... - no, niente...

Beatrice: Dite, dite... che sapete?

La saracena: Ma! D'un certo regalo che le ha promesso di portarle da Palermo.

Beatrice: A lei? un regalo?

La saracena: Una bella collana, sissignora, a pendagli.

Fana: Non siete donna, voi: diavolo siete!

La saracena: Scriva, scriva la denunzia, signora.

Beatrice (*friggendo*): No... no... è meglio... - oh Dio, scoppio... - meglio che faccia venire qua il Delegato Spanò, persona nostra (deve tutto a mio padre, sant'anima): Me lo dirà lui come devo regolarmi. Anzi, andate voi, Saracena, andate a chiamarmelo.

Fana: Signora, mia, per carità; signora mia, pensi allo scandalo!

Beatrice: Non me n'importa niente!

Fana: Badi che Vossignoria si rovina!

Beatrice: Mi libero! mi libero! mi libero! - Andate, Saracena: non perdiamo più tempo!

Fana (*trattenendo la Saracena*): Un momento... un momento... Signora mia, Ma a lui, mi perdoni, al marito di questa buona donna (se è vero!) a lui, a Ciampa, Vossignoria ci ha pensato?

Beatrice: A tutto, a tutto ho pensato, anche a lui, non v'immischiate! So dove debbo mandarlo.

La saracena: E che ce n'è bisogno? Dove vuol mandarlo? Ci pensano loro a mandarlo via! Ma già, stia certa che, appena il padrone arriva e sale al banco, lui volta le spalle e se ne va da sé.

Fana: Chi? Ciampa? Voi siete pazza! Che volete dare a intendere alla signora, che Ciampa sa tutto e si sta zitto?

La saracena: Ma zitta voi, che non sapete nulla!

Fana: Badate che voi sbagliate, sbagliate di grosso!

La saracena: Già, perché, se mai, finisce come ai fuochi: *pim! pam!* - Levàtevi. - Ma come? Vede la moglie con le bùccole da signora agli orecchi; quattro anelli alle dita; domani le vede in petto la collana a pendagli, e crede, è vero? che se li sia comperati lei, da sé, coi suoi risparmi? - Levàtevi! Quando il padrone è al banco, lui è sempre in mezzo alla strada, col naso all'aria, che va girando di qua e di là.

Fana: Comandato, comandato, il galantuomo! mandato in servizio! Se lo tengono per questo... Ma lo sanno tutti che, ogni qual volta esce dal banco, tira su la spranga e la mette alla porta della sua stanza accanto!

La saracena: Già! e il padrone la leva.

Fana: Ma se ci mette anche il catenaccio!

La saracena: Già! e il padrone ha la chiave.

Beatrice: O oh, insomma la finite? V'ho detto d'uscir fuori e di non immischiarvi!

Alla Saracena:

Ciampa ce lo leviamo dai piedi: lo farò partire questa sera stessa. - Anzi... voi Fana, venite qua... Oh, ma... non v'arrischiate a fargli capire... Posso fidarmi di voi?

Fana: Signora mia, mi passa il cuore! Io l'ho tenuta in braccio da bambina! Non vuole fidarsi di me?

Piange.

Beatrice: Via, via, non piangete adesso!

Fana: Vossignoria ha un fratello; ha la mamma, Vossignoria: si consigli con loro, che sono sangue suo e non possono tradirla!

Beatrice: Basta, v'ho detto! Non voglio più sentir nessuno! Andate a chiamarmi Ciampa, subito! E voi, Saracena, il Delegato Spanò: pregatelo a nome mio di venire qua, subito subito.

La saracena: Al contrario, signora.

Beatrice: Come sarebbe, al contrario?

La saracena: Ci mandi lei

indica Fana, ammiccando

dal Delegato; che a Ciampa ci penso io.

Beatrice (*a Fana*): E sapete andarci voi, dal Delegato?

Fana: Se Vossignoria me lo comanda...

La saracena: Oh, signora, ma non si ponga in mente - e neanche voi, oh! che qua debba nascere per forza una tragedia. Neanche per sogno! Vossignoria una lezioncina deve dare, e basterà. - Mio marito, guardi, sono quattr'anni, lo cacciai a pedate fuori della porta. - Mi viene ancor dietro come un cagnolino, e non s'allontana che quando mi volto a fulminarlo con gli occhi: così! - Trema tutto. - Una lezioncina, dunque... Si riducono con la coda tra le gambe, che è un piacere. Me ne vado. Siamo intese, è vero? Vossignoria è ferma? Non facciamo che...

Beatrice: Ferma, ferma: fermissima.

La saracena: Per domani?

Beatrice: Per domani.

La saracena: Bacio le mani a Vossignoria e vado a chiamarle Ciampa.

> *S'avvia per l'uscio in fondo. Prima d'arrivarci, una forte scampanellata alla porta.*

Oh, suonano!

Beatrice (*a Fana, che s'avvia per aprire*): Aspettate. Forse è mio fratello. Oh, se è lui: mi raccomando!

> *Le fa cenno di tacere.*

Fana: Se Vossignoria vuole che non parli...

> *Via per l'uscio in fondo.*

Scena seconda

> *Dette, meno Fana, poi Fifì La Bella.*

Beatrice: L'ho fatto venire apposta, per concertare la partenza di Ciampa.

La saracena (*fortemente contrariata*): Non ce n'era bisogno! Meglio, meglio essere in pochi, signora mia, in queste cose! Gia c'era di troppo Fana qua...

Beatrice: Fana è fidata, non temete. Per mio fratello, lasciate fare a me. È una mia pensata.

> *Entra dall'uscio in fondo Fifì La Bella, bel giovanotto, elegante, di ventiquattro anni.*

La saracena (*inchinandosi*): Serva di Vossignoria.

Fifì (*squadrandola con disprezzo*): Ah, voi qua?

La saracena: Stavo per andarmene...

Beatrice: Sì, andate, andate. Siamo intese. Aspetto subito Ciampa.

La saracena: Faccia conto che è qua. Bacio le mani a tutti e due.

Via per l'uscio in fondo.

Scena terza

Beatrice e Fifì La Bella

Fifì: Che hai da spartire tu con codesta megera?

Beatrice: Io? Niente. È venuta per un servizio.

Fifì: E non sai che una signora per bene non può riceverla senza pericolo di compromettersi?

Beatrice: Già! Perché sa tutte le vergogne e le infamie di voi maschiacci, e avete paura che le mogli o le mamme vengano a conoscerle!

Fifì: Brava, sì. Coltivati sempre codeste belle idee, tu, e poi mi saprai dire dove andrai a finire!

Beatrice: Ah lo so bene dove andrò a finire. Non te ne curare! Per vojaltri tutto lo studio è di tenermi qua zitta e all'oscuro d'ogni cosa!

Fifì: Sei piena di veleno per tutti!

Beatrice: M'hai riportato il danaro?

Fifì: Te l'ho riportato.

Beatrice: Ecco perché parli così. Ricordo quando ti bisognò questo danaro:

imitando la voce umile e dolce del fratello:

- «Sorellina mia, per carità, ajutami! tu che sei tanto buona, salvami: ho giocato, perduto: sarebbe il disonore!» - E sai bene che fui costretta a ricorrere a questa «megera» che una signora non può ricevere senza pericolo di compromettersi, proprio per te, per mandarla a Palermo a mettere in pegno, di nascosto a mio marito, un pajo d'orecchini e un braccialetto.

Fifì: Ah, l'hai fatta venire per quel pegno?

Beatrice: Da', da'. È tutto?

Fifì (*cavando il portafogli*): Ci manca qualcosina.

Beatrice: Lo sapevo. Quanto?

Fifì: Se tu avessi potuto aspettarmi, non dico molto, altri quindici giorni... Non capisco perché tutta codesta furia.

Beatrice: Voglio che domani sera gli orecchini e il braccialetto siano di nuovo a casa. Ho mandato a chiamar Ciampa proprio per questo: lo faccio partire ora stesso.

Fifì: Forse tuo marito ha sospettato? Non deve arrivar domani?

Beatrice: Appunto perché deve arrivar domani.

Fifì: Uhm, chi ti capisce? Hai da pararti con tutti i tuoi ori per ricevere domani tuo marito?

Beatrice: E come! Devo fargli un'accoglienza! Vedrai, vedrai che festino!

Si sente sonare alla porta.

Ecco Ciampa. Dammi, dammi il danaro. Ne manca molto?

Fifì (*traendo il danaro dal portafogli*): Tieni, conta tu, non so... Mi pare che siano tre carte da cento

Beatrice (*contando*): - e una da cinquanta. Mancano centocinquanta lire!

Fifì: Te l'ho detto: se avessi potuto aspettare...

Beatrice: Basta, basta. Ce le rimetterò io. Puoi andartene.

Scena quarta

Fana *e detti, poi* Ciampa.

Fana (*dall'uscio in fondo*): C'è Ciampa. Vuole che passi?

Beatrice: Fatelo entrare. Ma, aspettate; venite qua.

Se la trae in disparte e le dice piano:

Voi andate, intanto, dove v'ho detto.

Fana (*pianissimo*): Dal Delegato?

Beatrice: Gli direte che lo prego di venire qua da me. Se viene subito, fatelo entrare di là, nello studio. Portatevi il chiavino, e fate presto.

Fana: Sissignora. Prendo lo scialle e vado.

Via.

Fifì: Ma si può sapere che diavolo stai concertando? Che è tutto questo mistero?

Beatrice: Ecco Ciampa. Zitto.

Entra dall'uscio in fondo Ciampa: sui quarantacinque anni; capelli folti, lunghi, volti all'indietro, scompostamente; senza baffi; due larghe basette tagliate a spazzola gl'invadono le guance fin sotto gli occhi pazzeschi, che gli lampeggiano duri, acuti, mobilissimi dietro i grossi occhiali a staffa. Porta all'orecchio destro una penna. Veste una vecchia finanziera.

Ciampa: Bacio le mani alla mia signora. Oh, caro signor Fifì... - Esposto ai comandi della signora.

Fifì: Sempre «esposto» voi, caro Ciampa.

Ciampa: Sissignore. Tante volte, come Cristo alla colonna. - Ma, termine d'educazione, se non m'inganno, «esposto ai comandi» - oltre che dovere mio, qua, da umile servitore.

Beatrice: Eh, via! Servitore, voi? Padroni tutti siamo qua, caro Ciampa, senza distinzione: voi, Fifì, mio marito, *io... vostra moglie,* che so! mia madre, Fana: tutti uguali! E non so se io, anzi, non sia sott'a tutti!

Ciampa: Per carità! Eresie, signora! Che dice mai!

Fifì: Lasciatela dire! Dice così, perché tutte le donne, secondo lei...

Beatrice: Ah, non tutte, no: *certe* donne! Perché cert'altre poi ce n'è, che sanno prendervi con le buone e farsi manse manse, che vi sanno lisciare... così

gli passa una mano sulla guancia

e queste, eh! queste stanno sopra a tutte, anche se vengono dalla strada.

Ciampa: Permettete, signora? Lei ha nominato anche mia moglie?

Beatrice: No: dicevo in generale: Fana, mia madre, io... *vostra moglie...*

Fifì: Tutte donne, e tutte uguali!

Ciampa: Mi perdoni. Domando scusa anche a lei, signor Fifì. Ma mi sembra che mia moglie, anche in un discorso così... generale, c'entri come Pilato nel *Credo.* - Io sono a servizio, e sta bene; ma mia moglie è ben conservata, dico per casa sua; ed è mia cura che non vada per le bocche della gente, né per bene, né per male.

Beatrice: Uh, ne siete veramente così geloso, che adombrate solo a sentirla nominare? Càspita!

Ciampa: Nossignora. Marcio con un principio: Moglie, sardine ed acciughe: queste, sott'olio e sotto salamoja; la moglie, sotto chiave. Eccola qua!

Cava dalla tasca una chiave e la mostra.

Fifì: Bel principio, per mia sorella!

Ciampa (*ponendogli le mani sul petto*): Ognuno il suo, caro signor Fifì.

Beatrice (*a Fifì*): Quasi che, chiudendo la porta, devi dirgli, non restasse poi aperta la finestra!

Ciampa: Va bene, signora. Ma obbligo del marito è chiudere la porta.

Beatrice: Ah, davvero non avrei mai supposto che foste così terribile, voi!

Ciampa: Terribile? io? Ma no! Perché? Quando si sono messi i patti belli chiari avanti... - Questa è la finestra. (La porta la chiudo.) Affacciati. Ma bada che nessuno deve venire a dirmi: «Ciampa, tua moglie sta per rompersi il collo dalla finestra! » - Mi pare che in questo non ci sia niente dì terribile. L'uomo considera la donna che ha bisogno di prender aria alla finestra; la donna considera l'uomo che ha l'obbligo di chiudere la porta. E basta. Che comandi ha da darmi la signora?

Beatrice: Oh, Fifì... insomma, io ho da parlare con Ciampa.

Fifì: E perché vuoi che me ne vada, se devi dirgli soltanto ... ?

Beatrice: Debbo dirglielo davanti a te?

Fifì: E perché no? Oh bella... Parla, parla liberamente. T'ho dato ciò che ti dovevo...

Beatrice: Già, infatti... Basta. Sentite, Ciampa: ho bisogno di voi, persona fidata, più che di famiglia...

Ciampa: Sissignora, per la devozione -

Beatrice: - per la devozione, e per tutto.

Ciampa: Signora, badi che, di comprendonio, io sono fino, sa?

Beatrice: Che intendete dire?

Ciampa: Niente. Mi pare che lei abbia la bocca... non so... come se avesse mangiato sorbe, ecco, stamattina. -

Beatrice: Sorbe? Miele! Ho mangiato miele, io, stamattina. Scusate, non vi sto dicendo anzi ... ?

Ciampa: Oh Dio mio, non sono le parole, signora! Non siamo ragazzini! Lei vuol farmi intendere sotto le parole qualche cosa che la parola non dice.

Beatrice: Ma dove? ma quando? Se voi avete la coda di paglia...

Ciampa: Me n'appello a lei, signor Fifì. Che significa che io sono più che di famiglia? Le rispondo: - Sissignora, per la devozione... - E lei rincalza: - «Per la devozione e per tutto! » - Che significa questo «per tutto»? Che significa che qua siamo tutti padroni, senza distinzione, mia moglie compresa? Sono io con la coda di paglia o è lei piuttosto che la vuol pigliare, non so perché, proprio coi denti contro di me?

Fifì: Contro di voi? Contro di tutti! È un affar serio!

Beatrice: Ma insomma si può sapere che ho detto? O che non so più parlare adesso?

Ciampa: Non è questo, signora mia. Vuol che gliela spieghi io, la cosa com'è? Lo strumento è scordato.

Beatrice: Lo strumento? Che strumento?

Ciampa: La corda civile, signora. Deve sapere che abbiamo tutti come tre corde d'orologio in testa.

Con la mano destra chiusa come se tenesse tra l'indice e il pollice una chiavetta, fa l'atto di dare una mandata prima sulla tempia destra, poi in mezzo alla fronte, poi sulla tempia sinistra.

La seria, la civile, la pazza. Sopra tutto, dovendo vivere in società, ci serve la civile; per cui sta qua, in mezzo alla fronte. - Ci mangeremmo tutti, signora mia, l'un l'altro, come tanti cani arrabbiati. - Non si può. - Io mi mangerei - per modo d'esempio - il signor Fifì. - Non si può. E che faccio allora? Do una giratina così glla corda civile e gli vado innanzi con cera sorridente, la mano protesa: - *«Oh quanto m'è grato vedervi, caro il mio signor Fifì!»*. Capisce, signora? Ma può venire il momento che le acque s'intorbidano. E allora... allora io cerco, prima, di girare qua la corda seria, per chiarire, rimettere le cose a posto, dare le mie ragioni, dire quattro e quattr'otto, senza tante storie, quello che devo. Che se poi non mi riesce in nessun modo, sferro, signora, la corda pazza, perdo la vista degli occhi e non so più quello che faccio!

Fifì: Benissimo! benissimo! Bravo, Ciampa!

Ciampa: Lei, signora, in questo momento, mi perdoni, deve aver girato ben bene in sé - per gli affari suoi - (non voglio sapere) - o la corda seria o la corda pazza, che le fanno dentro un brontolio di cento calabroni! Intanto, vorrebbe parlare con me con la corda civile. Che ne segue? Ne segue che le parole che le escono di bocca sono sì della corda civile, ma vengono fuori stonate. Mi spiego? - Dia ascolto a me; la chiuda. Mandi via subito il signor Fifì...

Gli s'appressa.

La prego anch'io, signor Fifì: se ne vada.

Beatrice: Ma no, perché? Lasciatelo stare.

Fifì: Volete levarmi il piacere di starvi a sentire?

Ciampa (*con intenzione*): Perché lei, signora, qua - permette? - su la tempia destra, dovrebbe dare una giratina alla corda seria per parlare con me a quattr'occhi, seriamente: per il suo bene e per il mio!

Beatrice: Non sto mica parlando per ischerzo, io. Vi voglio appunto parlare seriamente.

Ciampa: Ah, e sta bene, allora. Eccomi qua. Badi però, signora, - mi lasci dire questo soltanto - badi che, chi non giri a tempo la corda seria, può avvenire che gli tocchi poi di girare, o di far girare agli altri la pazza: gliel'avverto.

Fifì: Mi pare che cominciate voi adesso, caro Ciampa, a parlare stonato.

Beatrice: Già, pare da un pezzo anche a me... Non capisco...

Ciampa: Chiedo perdono.

Con scatto improvviso:

Signor Fifì, mio padre aveva tutta la fronte spaccata.

Fifì: Come c'entra adesso vostro padre?

Ciampa: Da ragazzino - sciocco - mio padre, invece di ripararsi la fronte, sa che faceva? si riparava le mani. Inciampando, cadendo, tirava subito le mani indietro, e tònfete, si spaccava la fronte. - Io, caro signor Fifì, metto le mani avanti. Le metto avanti, perché la fronte io me la voglio portare sana, libera - sgombra.

Fifì: Ma scusate, se non sapete ancora la ragione per cui mia sorella vi ha fatto chiamare, che mettete le mani avanti?

Ciampa: Chiudo la corda seria, e riapro la civile.

S'inchina.

Ai comandi della mia signora.

Beatrice: Dovreste partire questa sera stessa per Palermo.

Ciampa (*con un balzo di sorpresa*): Per Palermo? E come? Se domani arriva il padrone...

Beatrice: Ha forse tanto bisogno di voi domani al banco il padrone?

Ciampa: Come no, scusi? Che starei a farci io allora al banco? Perché mi terrebbe?

Beatrice: So che vi tiene a guardia della cassaforte e vi dà alloggio perciò nella stanza accanto.

Ciampa: Solo per questo? Lei mi vuole avvilire. Io scrivo, signora.

Fifì: Non vedi che ha infatti la penna all'orecchio?

Ciampa: All'orecchio, sissignore. Insegna. Scusi, il tavernajo non tiene forse la frasca e la bottiglia di saggio appesa davanti la porta? E io, scrivano, la penna.

Fifì: Scrivano e giornalista!

Ciampa: Lasci stare il giornalista! Attività superflua, che sfogo di notte. Scrivo per conto del padrone; tengo registri, signora, sbrigo affari. O s'immagina forse che noi scherziamo al banco? o che io ci stia per comparsa? Ha forse inteso suo marito lagnarsi di me?

Beatrice: Che? mio marito? di voi? ma figuratevi! Guaj a chi vi tocca!

Ciampa: E lei vorrebbe mandarmi questa sera stessa a Palermo?

Fifì: Perché no? Non vedo che male ci sarebbe.

Beatrice: Se dico a mio marito che vi ho mandato io! Non mi sarà permesso di darvi un incarico?

Ciampa: Incarico? Ma lei può sempre comandarmi, signora! È la mia padrona! E per me, caro signor Fifì, andare a prendere una boccata d'aria in una grande città come Palermo, ma si figuri, è la vita! Soffoco qua, signora mia! Qua non c'è aria per me. Appena cammino per le strade di una grande città, già non mi pare più di camminare sulla terra: m'imparadiso! mi s'aprono le idee! il sangue mi frigge nelle vene! Ah, fossi nato là o in qualche città del Continente, chi sa che sarei a quest'ora...

Fifì: Professore... deputato... anche ministro...

Ciampa: E re! Non esageriamo. Pupi siamo, caro signor Fifì! Lo spirito divino entra in noi e si fa pupo. Pupo io, pupo lei, pupi tutti. Dovrebbe bastare, santo Dio, esser nati pupi così per volontà divina. Nossignori! Ognuno poi si fa pupo per conto suo: quel pupo che può essere o che si crede

13

d'essere. E allora cominciano le liti! Perché ogni pupo, signora mia, vuole portato il suo rispetto, non tanto per quello che dentro di sé si crede, quanto per la parte che deve rappresentar fuori. A quattr'occhi, non è contento nessuno della sua parte: ognuno, ponendosi davanti il proprio pupo, gli tirerebbe magari uno sputo in faccia. Ma dagli altri, no; dagli altri lo vuole rispettato. Esempio: lei qua, signora, è moglie, è vero?

Beatrice: Moglie, già! almeno...

Ciampa: Si vede dal modo come lo dice, che non ne è contenta. Pur non di meno, come moglie, lei vuole portato il suo rispetto, non è vero?

Beatrice: Lo voglio? Altro che! Lo pretendo. E guaj a chi non me lo porta!

Ciampa: Ecco, vede? Caso in fonte. E così, ognuno! Lei forse col cavalier Fiorìca, mio riverito principale, se lo conoscesse soltanto come un buon amico, potrebbe stare insieme nella pace degli angeli. La guerra è dei due pupi: il pupo-marito e la pupa-moglie. Dentro, si strappano i capelli, si vanno con le dita negli occhi; appena fuori però, si mettono a braccetto: corda civile lei, corda civile lui, corda civile tutto il pubblico che, come vi vede passare, chi si scosta di qua, chi si scosta di là, sorrisi, scappellate, riverenze - e i due pupi godono, tronfii d'orgoglio e di soddisfazione!

Fifì (*ridendo*): Ma sapete che siete davvero spassoso, caro Ciampa!

Ciampa: Ma se questa è la vita, signor Fifì! Conservare il rispetto della gente, signora! Tenere alto il proprio pupo - quale si sia - per modo che tutti gli facciano sempre tanto di cappello! - Non so se mi sono spiegato. - Veniamo a noi, signora. Che devo andare a fare a Palermo?

Beatrice (*impressionata e rimasta astratta, sopra pensiero*): A Palermo?

Fifì (*richiamandola a se*): Ohé, Beatrice!

Beatrice: Ah, già... ecco... M'era parso di sentire rientrare Fana di là...

Ciampa: La signora ha forse cambiato idea?

Beatrice: Non ho cambiato niente!

A Fifì:

Dove ho messo il danaro?

Fifì: Lì, mi sembra, su quel tavolinetto.

Beatrice: Ah, eccolo qua. Queste, Ciampa, sono trecentocinquanta lire

Gliele dà.

Ciampa: E che vuole che ne faccia?

Beatrice: Aspettate. Vado a prendeme altre centocinquanta di là - e due polizze.

Ciampa (*guardando Fifì con severità*): Del monte?

Fifì: Precisamente. Perché mi guardate?

Ciampa: Io? No. Ai comandi!

Beatrice: Si tratta del resto di ritirare gli oggetti. Un pajo d'orecchini e un braccialetto, in due astucci. Vado a prendervi le polizze.

Via per l'uscio a destra.

Fifì: Siccome mia sorella li ha messi in pegno per fare un favore a me, di nascosto a suo marito...

Ciampa: Ma per carità, signor Fifì, io sono un suo servitore...

Fifì: No, non ho nessuna difficoltà a dirlo. Ho restituito a mia sorella il danaro. E mia sorella desidera che gli oggetti domani ritornino a casa.

Ciampa: Domani? proprio domani? E che scusa troverà per il principale d'avermi mandato a Palermo giusto alla vigilia del suo arrivo?

Fifì: Uh, per questo, mancherà a una donna di trovare scuse!

Ciampa: Ma con tanti giorni, mi perdoni, che il principale è assente, non avrebbe potuto mandarmi prima, senza che lui ne sapesse nulla?

Fifì: Veramente il danaro io gliel'ho portato ora.

Ciampa: Signor Fifì, qua sotto gatta ci cova! Badi che sua sorella ha qualche grillo per la testa.

Fifì: Sì, per dire la verità, è sembrata anche a me un po'... Ma che volete che abbia? La solita storia! La gelosia.

Ciampa: E manda me a Palermo?

Sopravviene Beatrice tutta alterata in viso, come se di là avesse sostenuto una violenta discussione.

Beatrice: Ah, eccomi qua... eccomi qua...

Fifì: Oh... e che t'è accaduto?

Beatrice (*dominandosi*): Che m'è accaduto?

Fifì: Non so... ti vedo tutta... così...

Beatrice (*c.s.*): Non è niente. Non potevo ritrovare le polizze e mi sono turbata.

Porgendole a Ciampa:

Eccole qua. E queste sono le altre centocinquanta lire.

Ciampa: Sta bene. Ma a ciò che lei dirà domani al principale che non mi troverà al mio posto, ci ha pensato, signora?

Beatrice: A tutto ho pensato!

Gli mostra nell'altra mano un altro rotoletto di danari.

Vedete? Questo è il danaro per il vostro viaggio, e altre centocinquanta lire...

Fifì: Tutte codeste carte da cento, tu...

Ciampa: Ma questo è tutto, caro signor Fifì. Quando ci sono appunto tutte codeste carte da cento...

Beatrice: Ebbene? Che volete dire? Avreste da fare osservazioni?

Al fratello:

Son danari miei, messi da parte.

A Ciampa:

Quando ci sono tutte queste carte da cento... avanti, seguitate...

Ciampa: Niente, signora mia. Volevo dire che lei può prendersi il gusto di muover le fila di un pupo e di farlo camminare fino a Palermo.

Beatrice: Non vi mando per mio piacere: lo sapete bene perché vi mando! - Ora poi, con queste altre centocinquanta lire, voi a Palermo (questo sì sarà per mio piacere) voglio che mi compriate una collana, Ciampa, una bella collana, sapete come? a pendagli.

Ciampa: (*stordito*) Io? una collana?

Beatrice: A pendagli! Dirò a mio marito che l'ho veduta al collo d'*una certa amica mia* e che m'è tanto piaciuta! Capricci! Mio marito me li sa!

Ciampa: Ma io, signora, mi perdoni, che so comperare ... ?

Beatrice: Non importa. Nel caso, al ritorno verrete a dirmi che non avete potuto trovarla.

Ciampa: E allora tenga qua, perché mi dà questo danaro?

Beatrice: Ma perché mi fareste proprio piacere, se me la comperaste! La vorrei uguale e comperata da voi, caro Ciampa!

Ciampa: Perché da me? Che vuole da me, lei, oggi, signora mia? Uguale? Come uguale? Se non so com'è?

Beatrice: Ve lo dico io. Andate da Mercurio, che è il nostro giojelliere. So che la collana di quest'amica mia fu certo comperata da lui. Andateci e la troverete. - Partite subito eh?

Ciampa: Signora, io sono mezzo stordito. Mezzo? Che mezzo! tutto!

Fifì: Mi sembra che la scusa però sia trovata bene!

Beatrice: Meglio di questa? Meglio di questa non avrei potuto preparargliela una sorpresa a mio marito! Quando mi vedrà domani con questa collana al petto... - Badate che c'è un treno che parte ora alle sei.

Fifì (*guardando l'orologio*): C'è ancora un'ora di tempo.

Ciampa: Per me, bastano due minuti. Vado a chiudere il banco; chiudo prima con la spranga e col catenaccio l'uscio della mia stanza, e parto. Vorrei che quest'ora di tempo fosse piuttosto per la signora.

Beatrice: Per me?

Ciampa: Se Vossignoria volesse ancora pensare, riflettere...

Beatrice: No, niente; a che volete che pensi?

Fifì: Andiamo, Ciampa. Vengo con voi. Addio, Beatrice.

Beatrice: Addio, addio.

Ciampa: Signora, le rammento il caso di mio padre che tirava indietro le mani...

Beatrice: Ancora?

Ciampa: Me ne vado. Le bacio le mani.

Arrivato all'uscio, ritorna indietro.

Signora, vuole che le porti qua mia moglie?

Beatrice: Vostra moglie? Qua?

Sghignazzando:

Non ci mancherebbe altro! Sarebbe proprio da ridere!

Ciampa (*serio*): Per mia quiete, signora.

Beatrice: Ma via! Andate! Siete pazzo? Che volete che ne faccia qua, di vostra moglie?

Ciampa: Niente, certo: una signora come lei... Ma io le dico: per mia quiete.

Beatrice: Ma se la chiudete sotto chiave, secondo il vostro principio! Non ci mettete anche la spranga?

Ciampa: E il catenaccio, signora. E verrò a portare le chiavi qua a lei!

Beatrice: Ma no! non ce n'è bisogno. Potete portarle con voi, le chiavi!

Ciampa: Ah, no! Se Vossignoria non vuole qua mia moglie, almeno le chiavi bisogna che se le prenda! Non transigo!

Beatrice: E va bene, portatele, purché non perdiate altro tempo.

Ciampa: Andiamo, signor Fifì.

S'avvia. Davanti all'uscio torna a voltarsi.

Mi ha detto, a pendagli?

Beatrice: Auff! Sì, a pendagli.

Ciampa: Bacio le mani a Vossignoria.

Via con Fifì La Bella.

Scena quinta

Beatrice e il Delegato Spanò.

Beatrice (*facendosi con ansia all'uscio a destra*): Signor Delegato, venga, entri qua... ah, finalmente!

Spanò (*sui quarant'anni, tipo buffo di Delegato paesano, con arie eroiche, barbuto, capelluto; di tanto in tanto, parlando, s'imbeve tutto*): Fulminato, signora. Proprio. Come se un fulmine, ma di quelli, sa? fracassosi, mi fosse caduto qua, proprio davanti ai piedi: privo di Dio!

Beatrice: Va bene, va bene, ma non è più tempo di far parole, adesso, signor Delegato. Bisogna concertare subito quel che s'ha da fare. Si figuri, si figuri che voleva portarmi qua la moglie!

Spanò: Qua? Lui? La moglie?

Beatrice: Miglior prova di questa? Non c'è più dove arrivare!

Spanò: Ma lei si calmi, signora, si calmi, per carità!

Beatrice: Come vuole che mi calmi? Gli voglio dare una lezione davanti a tutto il paese, una di quelle lezioni che non se la dovrà più dimenticare!

Spanò: Sì, ma... e... e le conseguenze, signora? le conseguenze, le ha misurate tutte?

Beatrice: Che dovrò separarmi, lei dice? Prontissima. Ma non così con le buone, ah no! Prima lo svergogno e poi ci separiamo! Perché non si dica che il torto è mio! Voglio lo scandalo, e grosso! L'ha da vedere il paese chi è questo cavalier Fiorìca che tutti rispettano! - Io le faccio la denunzia. Lei è un pubblico ufficiale, e non può tirarsi indietro.

Spanò: Va bene... signora, certo... se lei mi fa la denunzia...

Beatrice: Subito gliela faccio: mi dica come si fa e gliela faccio.

Spanò: Ahahàh, no! scusi: questo poi no: vuole che glielo dica io come si fa?

Beatrice (*un po' civettando, per rabbia*): Non vuole ajutarmi? Signor Delegato... non vuole ajutarmi?

Spanò: Ma come no, signora? Voglio ajutarla... ma consideri però che io sono un amico di famiglia...

Beatrice: Lei dev'essere per la giustizia!

Spanò: Sissignora, e sono obbligato a non guardare in faccia a nessuno - e vado così, signora, a testa alta, sempre, anche davanti al Padreterno! Ma per la venerazione che porto alla santa memoria di suo padre, che fu padre anche per me, signora ... privo di Dio, quanto bene mi voleva, signora! e quante cose m'insegnò ... Vede, signora? anche questa, guardi; che certi piccoli... piccoli peccati veniali...

Beatrice: Veniali? ah lei li chiama...

Spanò: Possiamo anche chiamarli diversivi, se vuole. Da amico!

Beatrice: Da amico di lui?

Spanò: No, suo, signora: anche suo!

Beatrice: E dice diversivi? Ma belli, belli, codesti diversivi! E questa è la sua giustizia? E così lei sostiene una povera donna debole che non può difendersi da sé? Io voglio fare la denunzia, capisce? Subito! subito! Come si fa?

Spanò: Oh Dio, ma per la denunzia, non ci vuol niente... È il servizio, signora! Si figura che sia una cosa facile? Servizio delicatissimo, difficile... Bisognerà prima di tutto accedere, non visti, alla faccia dei luoghi... studiare la topografia... - Oh che le pare? - indizii... prove...

Beatrice: Tutto provato, tutto studiato: non c'è bisogno di niente, signor Delegato! Lei conosce la Saracena?

Spanò: Persona nostra, signora.

Beatrice: Meglio! Se la mandi a chiamare! Le saprà dire ogni cosa, per filo e per segno!

Spanò: Signora, ma se le ho già parlato! Siamo a giorno di tutto, noi. Due porte abbiamo, signora. Una, dalla parte del banco del cavaliere; l'altra, dalla parte opposta, delle due stanze annesse al banco, abitazione del Ciampa. Or dunque! C'è poi un uscio di mezzo, sì o no? tra il banco e queste due stanze del Ciampa? C'è, è vero? E il Ciampa lo suol chiudere di qua, dalla parte del banco, con spranga e catenaccio. Or dunque! Lei ci va con le guardie, contemporaneamente dalle due parti. Che ne viene? Ne viene che quelli non aprono neanche se viene Dio, se prima non hanno richiuso quest'uscio di mezzo, facendosi trovare uno di qua, l'altra di là!

Beatrice: E allora... allora non c'è rimedio?

Spanò: Non c'è rimedio? Ma appunto in questo consiste l'uomo dell'arte; nel trovare il rimedio, signora mia! Se lei, per esempio, avesse la chiave del banco...

Beatrice: L'ho! l'ho! Me la deve portar lui, Ciampa, ora stesso, prima di partire! Lo aspetto.

Spanò (*stordito*): Ciampa? Come! Ciampa le porta la chiave?

Beatrice: Sì; senza ch'io gliel'abbia domandata! Vuol portarmela lui, per forza, a ogni costo! Io anzi non la volevo!

Spanò: Non capisco! Non... non capisco... E allora... Allora lei può esser più che sicura che Ciampa non ha il benché minimo sospetto... Positivo, sa!

Beatrice: Ma che dice? E perché voleva portarmi qua la moglie, allora?

Spanò: Perché... perché... santo Dio, perché in paese, signora mia, è notorio a tutti -

Beatrice: - che io sono gelosa, è vero? E con questa scusa, infatti, che io sono gelosa, lui ha fatto sempre il comodo suo. Ma glielo dimostro io, ora, alla gente, se son gelosa a torto o a ragione! Lei dice che non c'è più difficoltà, avendo la chiave, è vero? Apre il banco, prima che egli abbia tempo di richiudere l'uscio di mezzo, e...

Spanò (*con un sorriso di compatimento*): Apro? Che apro? Già: apro!... Le pare che sia così stupido il cavaliere da entrare dalla donna con l'unica precauzione d'aver chiuso a chiave la porta del banco? Ci metterà anche il paletto! E che apro io allora? come apro? Debbo fare le intimazioni; atterrare la porta; e in questo mentre il cavaliere avrà tutto il tempo di richiudere l'uscio di mezzo e di rimetterci spranga e catenaccio. - Non si fa così, signora mia! - Sarebbe facile allora fare il Delegato!

Beatrice: Oh Dio mio! E come si fa, dunque?

Spanò: Come si fa... come si fa... - Arriva alle dieci, il cavaliere? Ebbene: uno dovrà esser già lì dentro nascosto, in quel bugigattolino dove il cavaliere tiene la pressa del copialettere, mezz'ora prima: alle nove e mezzo! - Tutto fatto. Si piglia nell'ala!

Beatrice (*esultante*): Ah! bravo! bravo! Mi detti... mi detti la denunzia, allora, subito!

Si sente sonare il campanello.

Spanò: Mi pare che suonino.

Beatrice: Sì: sarà il Ciampa che mi porta la chiave! Si ritiri, si ritiri qua un momento...

Indica l'uscio a destra.

Spanò: Nell'ala - ha capito?

Via in fretta per l'uscio a destra.

Scena sesta

Ciampa, sua moglie Nina e Detta.

Ciampa (*dietro la tenda dell'uscio in fondo con una valigetta in mano*): Permesso?

Beatrice: Avanti, avanti, Ciampa.

Con un gesto di maraviglia e d'indignazione vedendo entrare insieme col Ciampa la moglie:

Che vedo?

Ciampa: Signora, le ho portato mia moglie.

Beatrice (*sulle furie*): Voi ve la riportate ora stesso, senza perdere un minuto di tempo!

Ciampa: Mi lasci dire, signora.

Beatrice: Non voglio sentir nulla! Via! subito via! Non voglio nemmeno guardarla!

Ciampa: Signora, mia moglie è pulita, modesta...

Beatrice: Sarà pulitissima, me l'immagino! modestissima! Ma io non so che farmene!

Rivolgendosi a lei direttamente:

Mi faccio meraviglia di voi che sapendo che qua - voi - non ci avete nulla da fare, siate venuta dietro a vostro marito!

Nina (*sui trent'anni, più schifiltosa che modesta, veste da mezza signora, con molta ricercatezza e lindura, scarpette fine, scialle di seta, orecchini, anelli; risponde con gli occhi bassi, ma con voce chiara*): Signora, se mio marito mi ha comandato così...

Ciampa (*esultante*): Benissimo!

Beatrice: Potevate risparmiarvi tanta obbedienza, poiché a vostro marito io avevo assolutamente proibito di portarvi qua!

Nina (*risponde con gli occhi bassi, ma con voce chiara*): Ma questo io, signora, non potevo saperlo.

Ciampa: Benissimo!

Beatrice: Gliel'avete imbeccata bene la parte, eh?

Ciampa: Nossignora: dice la verità - placida, modestamente - come si deve. Io ho fatto l'obbligo mio a portargliela. Lei non vuole?

Beatrice: V'ho detto che non so che farmene!

Ciampa: Può tenerla anche in cucina, anche nella carboniera, anche farla dormire sotto i fornelli insieme con la gatta.

Beatrice: Volete farmi perdere la pazienza voi, oggi? Farmi dire ciò che non voglio e non debbo?

Ciampa: Ma dica, sì, dica, dica, dica, signora! Magari dicesse!

Beatrice: Vi dico d'andar via, e basta cosi!

Ciampa: Dunque, non la vuole. - Stabilito. - Io gliel'ho portata, e lei non la vuole. - Stabilito. E allora, ecco qua le chiavi. Io parto. Pensi, signora, che son adesso nelle sue mani.

Le consegna le chiavi; poi si fa innanzi alla moglie, e finge di darle corda come a un fantoccio.

Nina, aspetta: - Corda civile. - Riverenza, occhi bassi e diritta a casa!

Nina (*inchinandosi*): Serva sua.

Ciampa: Benissimo!

S'avvia dietro la moglie; arrivato all'uscio, si volta e dice a Beatrice, facendo il segno di girar la corda seria sulla tempia destra:

Se la signora volesse aprire...

Beatrice: Non apro niente!

Ciampa: Tenga tutto chiuso ermeticamente!

Tela

ATTO SECONDO

Scena prima

Beatrice e Fana.

Beatrice (*scarmigliata, sulle furie, presso l'uscio a sinistra, gridando verso l'interno a Fana*): Non importa! Subito, prendete e portate qua! Come vien viene! Voglio esser fuori prima di sera! Via da questa casa maledetta!

Si ode una scampanellata alla porta.

Fana (*venendo fuori dall'uscio a sinistra, sovraccarica di biancheria*): Oh Madre di Dio, e chi sarà?

Beatrice: Andate ad aprire. Se è il Delegato, fatelo entrare e ditegli ch'abbia pazienza un momento. Non posso presentanni cosi!

Via per l'uscio a destra. Fana, con quel monte di biancheria sulle braccia, va ad aprire per la comune, sbuffando. Poco dopo si sentono grida dall'interno. Entrano in iscena la signora Assunta La Bella, seguita da Fifì La Bella, che tiene afferrata per le braccia Fana e la scrolla furiosamente. Madre e figlio sono ansanti, sconvolti.

Scena seconda

La Signora Assunta, Fifì La Bella, Fana, poi Beatrice.

Assunta (*accorrendo in gran subbuglio prima verso l'uscio a destra poi verso l'uscio a sinistra, e gridando*): Beatrice! Beatrice! Dov'è? Dov'è? Beatrice!

Entra per l'uscio a sinistra, seguitando a chiamare.

Fana (*difendendosi da Fifì che la investe*): Ma perché se la prende con me, signorino?

Fifì (*che tiene per le braccia Fana e la scrolla furiosamente*): Perché obbligo vostro era di venire da me, ad avvertirmi!

Assunta (*rientrando dall'uscio a sinistra*): Ma dov'è mia figlia? Ditemi dov'è! Beatrice! Beatrice!

Beatrice (*accorrendo alle grida dall'uscio a destra e buttandosi tra le braccia della madre*): Mamma! mamma!

Scoppia in singhiozzi.

Assunta: Figlia mia, figlia mia, che hai fatto? Ti sei rovinata!

Fana (*difendendosi da Fifì che la investe*): Ma se volle far tutto da sé, senza dare ascolto a nessuno! Glielo dissi tante volte, povera me! - Parli lei, signora, per carità! - Le dissi: «Si rivolga a suo fratello, che è uomo! Ne chieda consiglio, prima, alla sua mamma!».

Assunta: Non dirne niente neanche a me! Buttarsi così allo sbaraglio senza dirne niente a nessuno!

Fifì (*afferrando per un braccio la sorella e strappandola dalla madre*): Vorrei sapere perché piangi ora! Lo sai che hai messo tutto il paese sossopra?

Assunta: Lo hanno arrestato, figlia mia! lo hanno arrestato!

Fana: Il padrone? Madre di Dio!

Assunta: E anche lei!

Fana: Anche la moglie di Ciampa?

Beatrice: Tutt'e due? Ci ho gusto! Ah, sono contenta! Proprio quello che volevo!

Assunta: Ma che dici, figlia!

Fifì: La vergogna? Lo scandalo?

Beatrice: Sì, sì, lo scandalo! la vergogna addosso a lui!

Fifì: E addosso a te, pazza! Che ti figuri d'aver guadagnato con codesta follia che hai commessa?

Beatrice: Che? Ma questo! Ecco!

Tira un gran respiro di sollievo.

Ah! - che posso rifiatare... - così! E che gli ho dato la lezione che si meritava! - Sono libera! sono libera!

Fifì: Libera? - Pazza! - Che libera? Libera di venirtene a casa mia, ora, senza poter più cacciare il naso fuori della porta! Libera, dice! Senza più stato...

Beatrice: Non me n'importa nulla! Purché non me lo veda più davanti! Stavo a prepararmi per andar via! Mi preparo da jersera.

Fifì: E jeri io ero qua! Dimmi un po': fu quella megera, con cui ti trovai qua a confabulare?

Fana: Sì, sì, appunto! quella, quella, signorino!

Assunta: Quella, chi?

Fana: La Saracena, signora mia!

Assunta: Oh Dio! - E come, figlia? con una donnaccia di quella specie ti sei messa? E tu Fifì, tu non hai sospettato nulla?

Fifì: Potevo immaginarmi questo?

Fana: Mi mandarono a chiamare il Delegato Spanò...

24

Fifì: Spanò?

Assunta: Spanò! Ma come!

Fifì: Il Delegato Spanò avete detto?

Assunta (*a Beatrice*): Spanò, creatura di tuo padre, ha potuto far questo? senza sconsigliartelo?

Fifì: Quant'è buona, Lei, mammà! Non gli sarà parso vero di metter le mani addosso a uno, quando gli tocca far tanto di cappello a tutti quei...

s'interrompe, turandosi la bocca e mugolando,

- uhm, lo stavo per dire! - che lo ajutano a vivere in pace con sua moglie! Ha capito?

Assunta: Ah, quando mai, simili vergogne, le donne di casa nostra!

Fana: Nominata per davvero, Vossignoria, tant'anni! La sua prudenza! Sempre con le labbra cucite!

Assunta: Eppure ne ho viste, Fana, voi lo sapete!

Fana: Altri tempi, signora mia, altri tempi!

Assunta: Come non hai pensato a me, figliuola mia? Sono vecchia io! Ti pare che possa reggere a colpi così forti? Io domani ne morrò... - già mi sento, che Dio solo sa come...

Fifì: Lei si stia tranquilla, mammà, e non se ne prenda; o io non so, per Cristo, che cosa faccio! Ha voluto cacciarsi in questi guaj, la pazza? E ora ci resti!

Assunta: Già! Come se non fosse più mia figlia e sua sorella! Che dici!

Fifì: Ci pensa ora, che è mia sorella? Aveva me, qua, jeri! Che possiamo farci più noi, adesso? Solo ricondurcela a casa possiamo, perché certo qua, ora, con suo marito non potrà più rimanere!

Beatrice: E chi vuole rimanerci?

Si sente il campanello alla porta. Tutti restano sospesi.

Assunta (*sbigottita*): Chi sarà?

Beatrice: Non ho paura di nessuno, io!

Fifì (*a Fana*): Andate ad aprire. Ci sono qua io.

Fana: Venga con me, per favore, signorino: tremo tutta...

Fifì (*alla madre e alla sorella*): Andate di là, vojaltre.

A Fana:

E voi su, ad aprire! senza smorfie!

Assunta: Vieni, vieni, figlia mia, vieni con me...

Via per la destra con Beatrice.

Scena terza

Fifì, Fana, il Delegato Spanò, poi Assunta e Beatrice.

Fifì (*rimasto solo davanti la comune, mentre Fana apre la porta d'ingresso*): Ah, è lei, signor Delegato?

Spanò (*entrando*): Sempre a servirla, signor Fifì!

Fifì: Ah, sì, un bel servizio davvero ha reso lei alla famiglia, se ne può vantare! E veramente abbiamo motivo di ringraziarla e di restargliene grati!

Spanò: Lei mi ferisce, signor Fifì!

Fifì: Ma come, scusi, è questo il modo di procedere d'un amico verso una famiglia, da cui lei, santo Dio, ha ricevuto tanti favori?

Spanò: Perciò le dico che lei mi ferisce! Nel mio sentimento più sacro mi ferisce! Io un pubblico funzionario sono, signor Fifì!

Fifì: Grazie tante! Lo so bene. Sto dicendo all'amico! Come? Lei viene qua -

Spanò: - chiamato dalla signora! -

Fifì: - va bene; e si riceve una denunzia?

Spanò: Mi ricevo? Che dice? Aspetti... Mi ferisce, caro signor Fifì... Io prima feci di tutto... - e la signora... - dov'è? dov'è? - lo può dire... - feci di tutto, signor Fifì, per persuadere la signora...

Fifì: Poteva sentir l'obbligo di venire prima da me!

Spanò: Con la denunzia già sporta?

Fifì: Ma appunto per fargliela ritirare!

Spanò: E allora le dico che lei non conosce sua sorella! Privo di Dio! Mi minacciò che l'avrebbe portata lei direttamente al signor Commissario, la denunzia, dichiarandogli che io... - ah, eccola qua, eccola qua...

Rientrano Assunta e Beatrice dall'uscio a destra. Spanò accorre a baciar la mano alla signora Assunta, che se ne schermisce.

Signora mia riveritissima, no... lasci, lasci che gliela baci codesta mano santa... E lei, signora Beatrice, dica qua, la prego, a suo fratello...

Assunta (*interrompendolo*): Mi sembra inutile, signor Delegato, inutile, caro Fifì, fare ancora codeste rimostranze.

Beatrice: Del resto, il signor Delegato ha ragione.

Spanò (*a Fifì*): Ecco! La sente?

Beatrice: Fui io, fui io, sissignori.

Spanò (*a Fifì*): La sente? Benedetta bocca di verità! Ma se torto ho io, caro signor Fifì, signora Assunta mia... che io venero, privo di Dio, come una madre. Vede? lei ora mi fa piangere, signor Fifì... Piangere, sissignore, perché se torti ho io, è... è per eccesso... per eccesso d'amicizia! Perché la condizione nostra, qua, a tenere questo porco ufficio qua (mi scusi il termine, signora Assunta!), qua nel nostro stesso paese nativo, è la cosa più infame che si possa immaginare! - Ma scusi, scusi, potevo trovarmi faccia a faccia, mettere io le mani addosso, io, al cavalier Fiorìca, io? E allora che ho fatto? Per eccesso d'amicizia, la più grossa delle bestialità! Ecco, di questo lei, signor Fifì, di questo dovrebbe rimproverarmi!

Fifì: Ma se non so ancora che diavolo ha fatto lei! Che ha fatto? Me lo dica! Com'è stato? Si può sapere?

Spanò: È stato che... non potendo... non volendo farlo io... un simile servizio... ho... incaricato un altro... il mio collega Logatto, forestiere, calabrese... E ha visto? ha visto che cosa ha fatto? - Ignorante! Testa di mulo!

Fifì: Arrestò tutt'e due, mio cognato e la donna?

Beatrice: Ma fece il suo dovere, mi pare! Fece proprio quello che doveva fare!

Assunta: Zitta, figlia! Non sai quello che ti dici!

Fifì: Li trovò dunque insieme? Insomma, mi dica!

Spanò: Ecco... i-i-insieme e non insieme... Flagranza vera non c'è. - Non si può dire che ci sia. - E questa intanto è una gran cosa! Anzi io credo che, allo stato degli atti, si può dimostrare che non c'è niente di niente. Niente, assoluto!

Fifì: E allora? Perché li arrestarono?

Spanò: Perché? Ma perché non c'ero io! Perché c'era quella testa-di-mulo di calabrese! Ecco il mio rimorso! Ma il cavaliere sarà rilasciato, signor Fifì, sarà rilasciato questa sera stessa! Lo prometto e lo giuro! Se no, non mi chiamerò più Alfio Spanò!

Fifì: Sta bene, ma mi dica intanto, in nome di Dio, come fu!

Spanò: Ah, ecco. Fu così. Logatto, mediante la chiave data dalla signora Beatrice, entrò nella sede del banco del cavalier Fiorìca, oh, e si nascose nel bugigattolo attiguo alla sala. Oh. Quando le guardie bussarono alla porta di là, dell'annesso quartierino di Ciampa, e intimarono d'aprire in nome della legge, oh, il cavaliere (appena la donna scese ad aprire) naturalmente, che fece? fece per entrare nella sala del banco...

Beatrice (*con un grido di trionfo*): Ah ecco! Vedete? Dunque era lì nelle stanze del Ciampa! Aveva aperto l'uscio di mezzo.

Spanò (*sconcertato*): Sissignora...

Beatrice: E come lo aveva aperto, se Ciampa lo aveva chiuso e mi aveva portato qua la chiave? Ecco la prova! La prova che è vero!

Spanò (*ripigliandosi*): Nossignora, non è prova, aspetti...

Beatrice: Come non è prova?

Spanò: Mi lasci dire. Catenaccetti inglesi, signora: hanno tutti due chiavi.

Beatrice: Due chiavi, benissimo! Una in tasca al Ciampa, e l'altra in tasca di mio marito!

Spanò: Nossignora. Mi lasci dire. Risulta dal verbale. Il cavalier Fiorìca ha dichiarato che: - arrivato da Catania, non potendo figurarsi di non trovare al suo posto il Ciampa; vedendosi tutto impolverato dal viaggio - povero galantuomo! - e avendo fretta di prender visione della corrispondenza arrivata durante la sua assenza - (sono parole del verbale) - bussò, dice, all'uscio, per domandare alla moglie del Ciampa, dice, il mezzo di lavarsi almeno le mani.

Beatrice (*con stridula risata*): Le mani... uh, già!... le mani! Figuriamoci!

Spanò: Le mani, povero galantuomo! dovendo aprire la corrispondenza...

Fifì: Non le dia retta! Séguiti.

Spanò: E allora lei, la moglie del Ciampa, dice, gli fece passare, dice, l'altra chiave di sotto l'uscio!

Beatrice: Uh, ma guarda, di sotto l'uscio! che bella combinazione!

Spanò (*seguitando*): Come difatti s'è constatato, signora, che veramente di sotto l'uscio la chiave passa. E il cavaliere era in maniche di camicia - decentissimo!

Beatrice: Sì? E lei? com'era lei? com'era?

Spanò: Era... ecco... era...

Beatrice: Lo dica! Tanto, risulta dal verbale!

Spanò: E allora le so dire che neanche era in camicia.

Beatrice: Nuda? era nuda?

Spanò: No! Che pensa, signora? - Più che in camicia, intendo dire! In sottana e camicia - come vanno le donne per casa - le donne di basso ceto, s'intende - in questa stagione, con questo caldo, che io - privo di Dio - sono tutto in un bagno di sudore... - Più che in camicia, stia tranquilla, signora! Un po' scollata camicia... braccia di fuori... camicia da donna, si sa...

Beatrice: Eh già! basta che non li abbiano trovati nudi tutt'e due!

Assunta: Ma Beatrice, ma come puoi parlar così? Non ti riconosco più, figlia mia!

Fifì: Vergogna! Davanti a un uomo!

Indica il Delegato.

Beatrice: Ma che uomo!

Assunta: Sono cose da dire, codeste?

Beatrice: Nascondiamo, nascondiamo! Già, ripariamo! vestiamole queste vergogne! Vergogna è dirle, certe cose. Farle, non è niente!

Fifì: Non capisco, signor Delegato! Ma perché li hanno arrestati tutti e due allora? Se il verbale è negativo!

Spanò: Ecco... ecco... Quanto alla donna, la arrestarono per... per... decolté eccessivo, lei mi intende! Il cavaliere, perché... S'immagini un po'... come si vide metter le mani addosso, il galantuomo diventò una furia, una furia d'inferno! Ci fossi stato io, avrei compatito; anche se mi schiaffeggiava, mi sarei presi gli schiaffi, per amicizia. Quella testa-di-mulo di calabrese, invece, s'è incornato a volerlo responsabile d'ingiurie e vie di fatto e l'ha tratto in arresto. Ma sarà rilasciato, signor Fifì - prometto e giuro. Questa sera stessa. E se Logatto non si sta quieto, lo accomodo io!

Fifì: Ma già... dico, se non risulta niente...

Spanò: Niente! Perquisito tutto, anche la borsa di viaggio... anche la giacca che il cavaliere s'era levata...

Beatrice: Ah, anche la giacca? anche la borsa di viaggio? E mi dica un po': non vi hanno trovato per caso una certa collana, a pendagli, che egli le aveva promesso in dono da Palermo?

Fifì: Ah, è questa la collana che hai incaricato Ciampa di comperarti uguale?

Beatrice: Questa, precisamente!

A Spanò:

Mi risponda: l'hanno trovata?

Spanò: Scusi, signora. Chi parlò a lei di codesta collana? La Saracena?

Fana: Sissignore, lei, appunto!

Spanò: Ma se lo so! Ne parlò anche a me! È una vera sciocchezza, signora mia! una pura e semplice sciocchezza nata da questo: che la moglie del Ciampa, leticando come fa sempre con le donne del vicinato che le dànno la baja per tutti gli anelli che tiene alle dita, si vantò, dice, che uno di questi giorni, per farle crepar d'invidia, sarebbe loro apparsa, dice, parata come una Madonna, al balcone, con una gran collana, di queste a pendagli, al petto. Quest'è tutto! Sa invece, signora, sa che cosa s'è trovato invece nella borsa di viaggio del signor cavaliere? Un libriccino da messa, s'è trovato, piccolo piccolo così un amore le dico! con la rilegatura d'avorio e le pagine dorate.

Assunta: Vedi, figlia? Per te!

Spanò: Aspetti, e anche una scatola di mandorle candite.

Assunta: Quelle che piacciono a te!

Fana: Ma se l'ho sempre detto io, che la tratta come una regina!

Fifi:Bestiaccia ingrata!

> *Beatrice s'abbatte piangendo, pentita e commossa, sul seno della madre.*

Spanò: *(soddisfatto dell'effetto ottenuto, approva col capo, ammiccando a Fifì; poi gli dice)* Ma sarebbe prudente, signor Fifì — se, come spero, riesco a far rilasciare il cavaliere questa sera stessa — sarebbe prudente che la signora non gli si facesse trovare in casa.

Assunta: Ah, certo! certo!

Fifi: Ce la porteremo a casa con noi!

Spanò: Almeno per qualche giorno. Bisognerà compatirlo! Ha un diavolo per capello, povero galantuomo, e minaccia di far cose dell'altro mondo.

Fifi: Ha ragione! ha ragione! Io non so che farei, se fossi al suo posto!

Spanò: Ma gli passerà! Stia sicuro, che gli passerà! Dopo qualche giorno, le furie svaporano e tutto ritorna tranquillo come prima. — Ah, privo di Dio, che bella cosa, signore mie, la santa pace domestica!

> *Lunga pausa, come se tutto fosse finito, e non ci fosse più nient'altro da dire o da fare. Tutt'a un tratto, viene a rompere questo silenzio conclusivo una violenta scampanellata alla porta.*

Fana: *(balzando con spavento)* Ah Signore, ajutaci! Quest'è lui! Ciampa!

Fifi: Uh, già! E chi ci pensava più, a Ciampa?

Spanò: Per Dio santo, già! c'è anche lui! Con la moglie arrestata...

Assunta: E come si fa ora? come si rimedia per questo poverino?[7]

Spanò: Forse sarà meglio non riceverlo!

Fifi: No, meglio riceverlo, anzi! e cercare di fargli intendere la ragione, qua, tra me e lei!

Spanò: Già... ma badi... badi che farà cose da pazzi!

Fifi: Faccia quello che vuole! Purché poi, alla fine...

Fana: Ah, che tremore per tutte le vene!

Beatrice: *(mansueta)* Sarà bene che mi ritiri, con la mamma, è vero?

Fifi: *(gridando e facendole gli occhiacci)* Mi pare!

Assunta: Andiamo, andiamo, figliuola mia. Lasciamoli soli, tra loro uomini.

Via con Beatrice per l'uscio a destra.

Fifì: (*a Fana che s'avvia tutta tremante con le altre donne*) Dove andate voi? Andate ad aprire!

Spanò: Non abbiate paura, ci sono qua io!

Fana esce per l'uscio in fondo.

Scena quarta

Ciampa e Detti.

Fana: (*rientra subito rinculando*): Madre di Dio! Un morto è! È entrato ed è caduto a sedere!

Fifì e Spanò: Come! Che è stato?

Fanno per accorrere. Ciampa entra per la comune, cadaverico, con l'abito e la faccia imbrattati di terra; la fronte ferita; il colletto sbottonato; la cravatta sciolta, e gli occhiali in mano. Subito Fifì e Spanò gli si fanno attorno premurosi e costernati, e gli scuotono con le mani la polvere dal vestito.

Fifì: Ma come! Che è stato, caro Ciampa?

Spanò: Siete forse caduto?

Ciampa (*piano, cupo*): Niente. Sturbo. Un piccolo sturbo. Mi si sono rotti gli occhiali.

Fifì (*correndo per una seggiola, mentre il Delegato ne prende un'altra e un'altra Fana*): Ecco, sedete... sedete qua...

Spanò: Qua c'è la seggiola...

Ciampa: Grazie. Non seggo.

Fifì: Come! Perché no?

Ciampa: Perché no.

Spanò: Ma se non vi reggete in piedi!

Ciampa: Non dubiti. Sette spiriti ho, come i gatti. Ora li ripiglio. Ma, tanto... Me ne vado subito. - La signora?

Spanò: La signora, Ciampa, è di là che...

Fifì: Capirete che in questo momento non può parlare con voi.

Ciampa: Parlare? E che bisogno ha più di parlare? Dopo il fatto!

Fifì: Ma il fatto, caro Ciampa, non è come voi forse v'immaginate!

Spanò: Negativo! negativo! verbale assolutamente negativo!

Fifì: Ecco, sentite? ve lo dice il signor Delegato. V'assicuro che non avete proprio ragione di star così!

Ciampa: Me l'assicura lei?

Spanò: Ma no! gli atti, gli atti - il verbale, capite, caro Ciampa? Lo dice il verbale!

Ciampa: E quando lo dice il verbale!

Fifì: Ma certo! Se un fatto risulta assolutamente infondato...

Spanò: Per c o n - s t a - t a - z i - o - n e - l è - g à - l è !

Fifì: Dovete per forza ammetterlo!

Ciampa: Non ho difficoltà. - Dovrei consegnare certi oggetti alla signora.

Fifì: Quelli che avete ritirati da Palermo? Potete consegnarli a me, se volete.

Ciampa: Non ho difficoltà. - Mi parrebbe più giusto però, poiché c'è qua il signor Delegato, che li consegnassi a lui.

Fifì: Ma sì, a lui o a me ...

A Spanò:

Son certi oggetti che Ciampa ha ritirati dal monte...

Spanò: Sta bene, sta bene ...

Fifì (*a Ciampa*): Ma potete anche lasciarli lì...

Indica con sprezzatura signorile il tavolino accanto al divano.

Ciampa: E lei dà poi tanto peso alle formalità d'un verbale?

Fifì: Ma no... Che c'entra? Nel verbale è la constatazione d'un fatto, come v'ha spiegato il Delegato.

Spanò: Precisamente! Legale!

Ciampa: E sta bene! Voglio che sia, anche questa, constatazione legale di un altro fatto: che io consegno qua al signor Delegato questi oggetti, perché fui mandato dalla signora...

Spanò: Ma sì, lo so, caro Ciampa!

Ciampa: Lo sa? - Allontanato con quest'incarico. E lei deve constatare il fatto che io, da umile servitore, sono andato e sono ritornato, disimpegnando l'incarico e consegnando qua, come consegno a lei, questi due oggetti. (*Trae di tasca i due astucci.*) Uno, e due. - Non voglio altro. (*Fa* *per andarsene.*)

Fifì: E che fate, ora?

Ciampa: Niente. Me ne vado.

Fifì: Così ve n'andate?

Ciampa: E che vuole che faccia più qua? Volevo parlare con la signora. Non si può. Me ne vado.

Fifì: Ma che vorreste dire, scusate, alla signora?

> *Fana, di dietro, fa più volte segno di no, di no a Fifì, con una mano sotto il mento.*

Ciampa (*voltandosi all'improvviso, sorprendendola in quel gesto e rifacendoglielo*): Che avete, per caso, mal di gola, voi? Difficoltà di respiro? Per vostra regola, io guardo in terra e conto le stelle, anche senz'occhiali!

Appressandosi a Fifì:

> *Lei forse ha paura ch'io, parlando con sua sorella ... ?*

Fifì (*interrompendolo*): Ma no, che paura! È che mia sorella, in questo momento, vi ho detto, non può, perché tanto io, quanto il signor Delegato, quanto mia madre che è di là con lei, le abbiamo dimostrato e fatto toccar con mano la follia che ha commesso; e credete, caro Ciampa, che n'è pentita, pentitissima! È vero?

Spanò: Diavolo! Piange.

Ciampa: Ah, piange...

Fifì: Piange, piange, anche perché - ve lo può dire qua il Delegato - glien'ho dette di tutti i colori.

Spanò: Verissimo! Terribile!

Fifì: V'assicuro, Ciampa, che voi non le potreste dir più di quanto le ho detto io!

Ciampa: E che si figura lei, che vorrei dire io a una signora? Sua sorella non ha fatto altro che prendere il mio nome - il mio pupo... - si ricorda che jeri io qua parlai di pupi? - il mio pupo: buttarlo a terra, e, sopra - una calcagnata - così!

> *Butta il cappello in terra e lo pesta col piede.*

Perché la signora - povera pupa - s'è creduta anche lei calpestata... La posizione nostra - la mia e la sua - in fondo, sono uguali: io qua, lei di là. Che vuole che le dica? Una sola domanda volevo rivolgerle; e non alla signora propriamente, ma alla sua coscienza.

Fifì: Che domanda?

Ciampa: Scusi, se dico alla sua coscienza...

> *Con scatto improvviso aprendo la finanziera e presentandosi al Delegato Spanò:*

Signor Delegato, mi cerchi!

Fifì (*tirandolo indietro*): Ma no, che dite!

Spanò: Sappiamo bene che siete un galantuomo, Ciampa!

Ciampa: Del resto, c'è qua lei. E mi piace, mi piace che ci sia lei, signor Delegato, perché così vede il cuore... Il cuore d'un uomo che piange e che fa sangue... sangue davvero, perché sono stato assassinato...

Scoppia in improvvisi e irrefrenabili singhiozzi.

Fifì e Spanò: Ma no... ma no... che dite!... Ma se non ce n'è ragione! State tranquillo, Ciampa!

Ciampa: Tranquillo, già... Questa sola domanda, insomma, alla signora, in presenza vostra, volete lasciarmela fare?

Fifì: Ma sì, ma sì! Ecco, ve la chiamo.

Chiamando dall'uscio di destra:

Beatrice! Mammà! Vieni, Beatrice!

Scena quinta

Beatrice, Assunta e Detti, infine Vicini e Vicine.

Fifì (*a Beatrice che entra con la madre*): Senti qua Ciampa, che vuol rivolgerti non so che domanda.

Assunta (*pietosamente*): Oh, poverino! Siete ferito?

Ciampa: Non è niente, signora. Il guajo è per gli occhiali, che mi si sono rotti. Ci vedo e non ci vedo. Ma, tanto, ormai, non ho più niente da vedere.

A Beatrice:

Questa sola domanda, a lei, signora: - Crede lei... - (lasciamo il fatto, ciò che è accaduto questa mattina, lasciamo star tutto) - crede lei, in coscienza, d'aver avuto ragione di far questo, non ostante che io jeri - presente suo fratello...

Assunta (*cercando d'interromperlo*): Ma sì, sappiamo tutto, Ciampa!

Fifì: Che finanche le portaste qua vostra moglie!

Ciampa: Permettano... permettano... - lascino dire a lei! Perché può darsi che la signora, non ostante tutto, abbia voluto colpire anche me, credendo d'avere tutta la ragione di farlo. È così, signora? Mi risponda - in coscienza!

Beatrice (*esitante*): No... io... io, a voi...

Spanò: La signora non voleva colpir voi, caro Ciampa! Tant'è vero che vi volle allontanare, mandandovi a Palermo!

Beatrice: Ecco... già... io... come dice il Delegato...

Ciampa: Ah, no, signora! Che lei non abbia pensato a me, non è possibile! Perché per ben due ore io qua, jeri, non feci altro che mettere le mani avanti!

Beatrice: Sì, sì. E appunto per questo volli mandarvi a Palermo! Per avere mano libera, qua, su vostra moglie e su mio marito!

Ciampa: Senza pensare a me?

Beatrice: Senza pensare a voi.

Ciampa: E che cos'ero io? Niente? Pietra d'affilare? Mi gettava a terra; mi prendeva così, con due dita, come uno strofinaccio qualunque; mi buttava in un canto, proprio come se non ci fosse da fare nessun conto di me... - Ma voglio ammettere tutto, signora! voglio entrare nella sua coscienza, fino in fondo, e ammetter pure che lei non si sia fatto scrupolo di colpire anche me perché io - secondo lei - sapevo tutto e mi stavo zitto. È così? Mi risponda. È così?

Beatrice: Eh... poiché lo dite voi stesso... sì, è proprio così.

Ciampa: Ah! E allora, a uno che, - poniamo - è guercio, lei gli appende un cartellino alle spalle: - «Popolo! È guercio!» -

Beatrice: Ma no... che c'entra!

Ciampa: Lasciamo il guercio di cui tutti si possono accorgere senza bisogno di cartellino. Lei deve provarmi che uno, uno solo, signora, in tutto il paese potesse sospettare di me quello che lei ha creduto! che uno, uno solo potesse venire a dirmi in faccia: - «Ciampa, tu sei becco, e lo sai!».

Fifì (*subito*): Ma no! Ma chi? Ma nessuno!

Spanò (*contemporaneamente*): Ma a chi poteva venire in mente!

Assunta (*contemporaneamente*): Ma che dite, Ciampa!

Fana (*contemporaneamente*): Veramente a nessuno, Signore Iddio, in coscienza!

Ciampa (*dominando le esclamazioni simultanee*): Ma la signora potrebbe dire - Se non lo sapevano gli altri, era noto a voi e tanto basta! - È vero? è vero. Non lo neghi! Io ho bisogno della sua coscienza, signora: non del verbale. Dica: è vero?

Beatrice: È vero, sì.

Movimento di sorpresa dolorosa e d'intensa costernazione negli altri. Silenzio.

Ciampa (*ferito, tentennando il capo*): Ah, signora. - Io ora parlo... non per me... parlo in generale... - E che può saper lei, signora, perché uno, tante volte, ruba; perché uno, tante volte, ammazza; perché uno, tante volte - poniamo, brutto, vecchio, povero - per l'amore d'una donna che gli tiene il cuore stretto come in una morsa, ma che intanto non gli fa dire: - ahi! - che subito glielo spegne in bocca con un bacio, per cui questo povero vecchio si strugge e s'ubriaca - che può saper lei, signora, con qual doglia in corpo, con quale supplizio questo vecchio può sottomettersi fino al punto di spartirsi l'amore di quella donna con un altro uomo - ricco, giovane, bello - specialmente se poi questa donna gli dà la soddisfazione che il padrone è lui e che le cose son fatte in modo che nessuno se ne potrà accorgere? - Parlo in generale, badiamo! Non parlo per me! - È come una piaga, questa, signora: una piaga vergognosa, nascosta. E lei che fa? stende la mano e la scopre così... pubblicamente? - Lasciamo questo discorso, e veniamo a noi! - Io, signora, sapevo che lei aveva sospetti su mia moglie e su suo marito. - Gelosia! - Chi non ne ha, quando si vuol bene? - Compatisco anche i delitti, signora; si figuri se non avrei compatito lei per la gelosia! Ero venuto qua, jeri, apposta per farla parlare, per farla sfogare. - Aveva un sospetto? - Non glielo volevo levare! Perché so che codesti sospetti, più si vogliono levare, e più si raffermano! - Se lei avesse parlato seriamente con me, io me ne sarei tornato a casa e avrei detto a mia moglie: - «Pst! Fagotto, e via!». - Oggi mi sarei presentato al signor cavaliere: - «Signor cavaliere, bacio le mani: non posso star più con lei!». - «Perché, caro Ciampa?» - «Perché non posso star più con lei: ho altri affari.» - Così si fa, signora mia! - E perché crede che io le portai qua, jeri, mia moglie? Ma per farla scattare, signora, per farle scatenare dalla bocca tutta la tempesta che lei covava dentro! Glielo gridai finanche: - «Parli! Parli! » - E lei non volle dir niente! Volle gettarmi così a terra, assassinarmi... E che vuole che faccia io ora? Mi dica lei che cosa debbo fare! Tenermi questo sfregio? comperarmi una testiera con due bei pennacchi, per far la mia comparsa in paese? e tutti i ragazzini dietro, in baldoria, a gridarmi: - Bèèè... Bèèè... - e io, pacifico e sorridente, a ringraziare a destra e a sinistra?

Fifì: Ma perché? dove? che sfregio! che testiera! che ragazzini! Se non c'è stato niente!

Spanò: Niente di niente! Niente assoluto!

Ciampa: Perché lo dice il verbale, è vero: Ma chi vuole che creda a codesto suo verbale dopo tanto scandalo: Guardie, Delegato, sorpresa in casa, arresto...

Spanò: Sta bene! Ma con risultato negativo! Dunque...

Ciampa: Signor Delegato, son macchie d'olio, che non levano, queste! Diranno: «Si tratta d'un cavaliere! Hanno accomodato la cosa!» - E come resto io? - Lei, signora, poteva prendersi questo piacere, se credeva che suo marito si fosse messo con qualche ragazza, senza però - badiamo - né padre, né fratelli. Dava una lezione a suo marito - non c'erano altri uomini di mezzo - e tutto si sarebbe accomodato alla meglio. Ma qua c'era un uomo di mezzo, signora! Come non pensò a me, lei? O che ero niente, io? - Lei ha scherzato; s'è passato questo piacere; ha fatto ridere tutto un paese; domani rifarà pace con suo marito... - e io? per lei sarà finito tutto - ma io? resto col verbale, che non c'è stato nulla? E debbo sopportarmi che tutti, domani, vengano a dirmi in faccia, con occhi dolenti: - «Non è stato nulla, Ciampa; la signora ha scherzato!».

Con scatto improvviso:

Signor Delegato, qua, mi tasti il polso!

Gli porge il polso.

Spanò (*stordito*): Come? perché?

Ciampa: Mi tasti il polso. Dica se ci avverte un battito di più. Io dico qua, con la massima calma, testimonio lei, testimonii tutti, che questa sera stessa, o domani, appena mia moglie ritorna a casa, io con l'accetta le spacco la testa!

E non ammazzo soltanto lei, perché forse farei un piacere, così, alla signora! Ammazzo anche lui, il signor cavaliere - per forza, signori miei! per forza!

Fifì e **Spanò** (*afferrandolo, mentre le tre donne gridano e piangono*): Che è? che avete detto? Voi siete, pazzo! Chi ammazzate?

Ciampa (*pallido, stravolto, quasi sorridente*): Tutti e due! Per forza! Non posso farne a meno! Non l'ho voluto io!

Fifì: Voi non ammazzate nessuno, perché non ne avete né diritto né ragione! Ma se pure l'aveste, ci saremo qua noi a impedirvelo!

Spanò: Ci sono io!

Ciampa: Signor Delegato, me l'impedisce oggi... -

Spanò: - anche domani! -

Ciampa: - ma doman l'altro l'ammazzo! Lei sa come si dice da noi: - «Guaj a chi è morto nel cuore d'un altro!». - Io sono calmo, signor Delegato. Lei m'è testimonio che io non volevo questo. Mi ci hanno buttato in questo fosso! Con questo sfregio in faccia, davanti al paese - se lo scrivano bene in mente - io non resto!

Beatrice (*insorgendo*): Ma se ve lo dico io ora, se ve lo dico io, Ciampa, che non ne avete nessuna ragione?

Ciampa: Me lo dice ora, lei, signora? Lo riconosce ora, che non doveva mettere a questo cimento un uomo? Troppo tardi, signora mia!

Fifì: Ma, scusate, se lo riconosce lei stessa, che non c'è stato niente...

Ciampa: Codesto «niente», signor Fifì, lei, a me, non me lo deve dire!

Fifì: Ma se lo scandalo è stato per una pazzia!

Assunta (*incalzando*): Per una pazzia, per una pazzia, Ciampa!

Spanò (*incalzando*): Per una pazzia, ve lo confessa la stessa signora!

Fifì (*incalzando*): Se ve lo dice lei! Ve lo confermiamo tutti! Una pazzia.

Tutti: Una pazzia! sì, una pazzia!

Ciampa (*in mezzo a tutti che gridano*: «*una pazzia! una pazzia!*», *all'improvviso, assorto in una idea che gli balena lì per lì, raggiante*): Oh Dio! Oh che bellezza! Oh che bellezza! Signori, pacificamente! Oh che bellezza! Sissignori... sissignori... Si può aggiustar tutto... pacificamente... Ah, che respiro! Mi metterei a ballare... a saltare... per il gran peso che mi son levato dal petto! Le mie mani... le mie mani possono restar pulite... pulite, e me le bacio! me le bacio! - Lei, signora, vada a prepararsi... Subito, subito!

Beatrice (*trasecolata, come tutti gli altri*): Io? Perché?

Ciampa: Dia ascolto a me, vada a prepararsi! Non perdiamo tempo! (*Guarda l'orologio.*) Ci arriva! ci arriva!

Beatrice: Ma perché? a che cosa arrivo?

Fifì: Che dice?

Spanò: Dove volete che arrivi la signora?

Ciampa: Ma sì! ma sì! Voi, Fana, e lei, signora Assunta, vadano, vadano ad ajutarla a mettere un po' di biancheria, abiti, nella valigia! Facciamo presto, per carità! Non c'è tempo da perdere!

Beatrice: Ma insomma, perché? Debbo partire? Dove debbo andare? Vi ha dato di volta il cervello?

Ciampa: A me? Nossignora! Ha dato di volta a lei il cervello, signora mia! Scusi, l'ha riconosciuto suo fratello Fifì, lo riconosce il Delegato; la sua mamma; lo riconosciamo tutti: e dunque lei è pazza! Pazza, e se ne va al manicomio! È semplicissimo!

Fifì: Come? Chi?

Assunta: Mia figlia? Che dite?

Beatrice: Al manicomio? io? io, al manicomio?

Ciampa: Lasciamo il manicomio! In una casa di salute, signora! Tre mesi. Villeggiatura.

Beatrice (*indignata*): Ma ci andrete voi, al manicomio! voi! Uscite fuori! fuori di casa mia! subito fuori!

Ciampa: Signora, dove mi manda? Badi che nel suo interesse io parlo!

Spanò: Ma vi sembra che siano proposte da fare, codeste?

Fifì: Dove siamo?

Ciampa: Anche lei, signor Fifì? Non comprende che questo è l'unico rimedio? Per lei stessa! Per il signor cavaliere! Per tutti! Non capisce che sua sorella ha svergognato anche il signor cavaliere, e che deve dare anche a lui una riparazione di fronte al paese? Si dice: - È pazza! - e non se ne parla più! - Si spiega tutto! - Pazza, pazza da chiudere e da legare! - E solo così io non ho più niente da vendicare! Mi disarma. Dico: - «È pazza! Posso più farmene d'una pazza?». E basta così! Il cavaliere non avrà più da mortificarsi, domani, comparendo tra i suoi amici; e la signora va a farsi tre mesi di villeggiatura! - Via, via, sbrighiamoci, che meglio di così non si potrebbe fare! Ma deve partire assolutamente questa sera stessa!

Fifì: Sì, sì, è giusto! è giusto! (*A Beatrice:*) Capisci? È per finta!

Beatrice: Ma chi io? Tu sei pazzo! Io, al manicomio? Ma lo sente lei, mammà? al manicomio!

Assunta: Figlia mia, è per rimedio, non senti?

Spanò: Per rimedio, signora! Sembra anche a me la risoluzione migliore! Pensi anche al signor cavaliere, signora...

Beatrice: Ma che dite? Volete davvero che passi per pazza davanti a tutto il paese?

Ciampa: Ma davanti a tutto il paese, lei, signora, non ha bollato con un marchio d'infamia tre persone? Uno, d'adulterio; un'altra, di sgualdrina; e me, di becco? Ah, lei vorrebbe dirlo soltanto d'aver commesso una pazzia? Non basta, signora! Deve dimostrare d'esser pazza - pazza davvero - da chiudere!

Beatrice: Pazzo da chiudere sarete voi!

Ciampa: Nossignora... Lei. Per il suo bene! E lo sappiamo tutti qua, che lei è pazza. E ora deve saperlo anche tutto il paese. Non ci vuole niente, sa, signora mia, non s'allarmi! Niente ci vuole a far la pazza, creda a me! Gliel'insegno io come si fa. Basta che lei si metta a gridare in faccia a tutti la verità. Nessuno ci crede, e tutti la prendono per pazza!

Beatrice (*furente, convulsa*): Ah, dunque voi lo sapete che io ho ragione, e che avevo ragione di far questo?

Ciampa: No. Ah, no! Volti la pagina, signora! Se lei volta la pagina, vi legge che non c'è più pazzo al mondo di chi crede d'aver ragione! - Via, vada! vada! si prenda questo piacere, di fare per tre mesi la pazza per davvero! Le par cosa da nulla? Fare il pazzo! Potessi farlo io, come piacerebbe a me! Sferrare, signora, qua

indica la tempia sinistra col solito gesto

per davvero tutta la corda pazza, cacciarmi fino agli orecchi il berretto a sonagli della pazzia e scendere in piazza a sputare in faccia alla gente la verità. La cassa dell'uomo, signora, comporterebbe di vivere, non cento, ma duecent'anni! Sono i bocconi amari, le ingiustizie, le infamie, le prepotenze, che ci tocca d'ingozzare, che c'infràcidano lo stomaco! il non poter sfogare, signora! il non potere aprire la valvola della pazzia! Lei, può aprirla: ringrazii Dio, signora! Sarà la sua salute, per altri cent'anni! - Cominci, cominci a gridare!

Beatrice: Comincio a gridare?

Ciampa: Sì, ecco! Qua! in faccia a suo fratello!

Glielo spinge davanti.

Forza! in faccia al Delegato!

Glielo spinge davanti.

Forza! In faccia a me! E si persuada, signora, che solamente da pazza lei poteva pigliarsi il piacere di gridarmi in faccia: «*Bèèè!*».

Beatrice: E allora, sì: *Bèèè!*... ve lo grido in faccia, sì: *bèèè! bèèè!*

Fifì (*cercando di trattenerla*): Beatrice!

Spanò (*cercando di trattenerla*): Signora!

Assunta (*cercando di trattenerla*): Figlia mia!

Beatrice (*con grida furibonde*): No! Sono pazza? E debbo gridarglielo: *Bèèè! bèèè! bèèè!*

Ciampa (*mentre tutti fanno per portar via Beatrice, che séguita a gridare come se fosse impazzita davvero*): È pazza! - Ecco la prova: è pazza! Oh che bellezza! - Bisogna chiuderla! bisogna chiuderla!

Balla dalla contentezza, battendo le mani. Momento di gran confusione, anche perché alle grida sopravvengono i vicini e le vicine di casa Fiorìca, con facce sbalordite, e chiedono a coro, più coi gesti che con le parole, che cosa sia accaduto. Ciampa, seguitando a batter le mani, festante, al colmo della gioja, e rispondendo ora all'una, ora all'altro:

È pazza! È pazza!... Se la portano al manicomio! È pazza!

E mentre tutti quei curiosi, spinti dolcemente ora dal Delegato, ora dal fratello, si ritirano commentando sotto sotto la disgrazia, si butta a sedere su una seggiola in mezzo alla scena, scoppiando in un'orribile risata, di rabbia, di selvaggio piacere e di disperazione a un tempo.

Tela